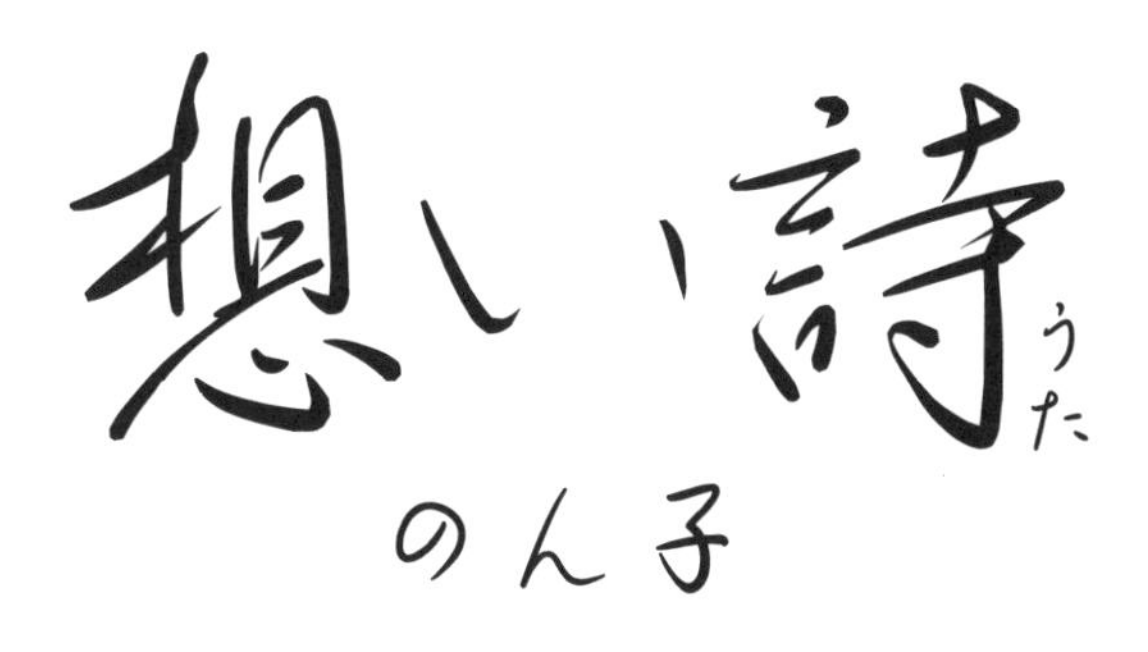

文芸社

目次

想い詩（うた） 口ずさんでは うるむ夜

第一章　愛する猫たち

我が子のようなロビー、ミュー、レオ、ネロ、
我が家の庭に遊びにくる野良猫たち。
彼らを慈しんだ幸せな日々と永遠の別れ――。

ロビーくん　時折みせる　勇み顔

足をひき　歩む姿を　支え泣く

天国に　逝きしロビーの　声しきり

永遠（とこしえ）に　仔らの姿に　倖せを

レオくんよ　大きなからだ　甘えん坊（ぼ）

愛猫（まなねこ）や　揃いぶみだね　母の膝

裸木に　仔猫3匹　集う午後

3匹の　硝子にうつる　ノラの冬

悲しみと　寂しさ癒す　酒と猫

肌寒し　炬燵（こたつ）出入りし　老いた猫

愛猫（まなねこ）の　歳を数えて　同世代

閉ざされし　心開かせ　猫いとし

ノラ猫や　君も寂しさ　擦りよりて

子育てを　終えてペットの　母になり

ブサ可愛い　クロが傷負い　子を守り

愛猫（まなねこ）を　飽かず眺むる　目が和み

野良暮らし　闘い戦果　傷メダル

猫スター　名脇役の　私なり

花桃に　小鳥とまりて　窓に猫

飛び石の　休み嬉（うれ）しや　猫日和

ブサ可愛い　生きる暮らしに　学ぶかや

愛猫（まなねこ）と　昼酒あおり　愚痴ポロリ

愛猫（まなねこ）に　癒し癒され　夜もすがら

木の葉散り　窓辺に走る　愛猫（まなねこ）よ

愛猫（まなねこ）の　日向（ひなた）の匂い　和みたる

枕もと　メゾン、ソプラノ　猫ふたり

ネムタイム　目覚め頬よせ　老いの猫

愛猫（まなねこ）に　唄うハッピー　バースデイ

早よいそげ　猫が陣どる　セミダブル

ノラの傷　せめて満腹　与えたや

そこそこの　幸(さち)の日溜まり　老猫(おいねこ)と

ずる休み　猫を相手に　酒を酌む

ほどほどの　愚痴をば猫が　あくびかな

読む手とめ　猫が来たりて　ラブコール

デブ猫の　腹を見せての　愛(いと)すがた

寂しさを　見かねるように　側に猫

愛し仔や　その手、　その顔　そのしぐさ

愛猫（まなねこ）よ　日々の生活（くらし）に　うるおいを

金もなし　日がないちにち　猫いじり

貧しさも　愛猫（まなねこ）あいて　クリスマス

ストーブの　側に並びし　愛し猫

きみの居ぬ　部屋に煙りぬ　芳香悲し

愛し仔に　病に勝てと　祈る我
刻(とき)がすぎ　奇跡の望み　祈るのみ
愛猫(まなねこ)の　検査の知らせ　震え聞く

限りある　命見つめて　尽くしたや

愛猫（まなねこ）の　病に負けぬと　喉鳴らす

むなしさを　負けずになみだ　猫介護

長雨は　ネロの痛みに　滲（にじ）む夜

命尽き　命見守る　腕の中

つめ痕も　残せし傷が　いとおしい

愛猫（まなねこ）を　三たび見送り　野辺の宵

かぎり有る　命むき合い　ネロ逝きて

哀しみに　時折覗く　レオの顔

あの仔への　温もり恋うる　寒い朝

慣れつつも　侘寂(わびさび)猫が　支えてる

残されし　レオとたわむれ　分かつ愛

アイラブと　問わず語りの　猫のヒゲ

悔い多き　終活ぐらし　猫いやす

残されし　レオの異変に　とまどいて

けなげさに　頬よせごとに　喉ならし

老い猫と　ふたり暮らしに　悲喜こもり

何代め　庭に来たりし　野良猫よ

無防備の　ね姿愛し　愛猫（まなねこ）よ

猫わたし　一喜一憂　暮らしなり

病める仔よ　食は摂らずに　水のみぞ

水だけで　命つなぐか　愛猫（まなねこ）や

辛いだろ　君の瞳は　なに語り

秋風に　苦しみ去りて　君は逝き

忘られず　海より深く　沈みゆく

苦しみを　耐えし頑張り　ミューの許

こころ内　安穏願う　雨の夜

携帯に　残る映像　今辛し

愛猫（まなねこ）の　月命日の　なみだ酒

愛猫（まなねこ）の　去りし部屋をば　撫でし夜

第二章　ネオン街に生きて

スナックを切り盛りした約三十年の年月。
時代の荒波にもまれながら、楽あれば苦あり――。
着物をまとい、酒を片手に奮闘した日々。

今宵また　お茶挽(ひ)きながら　帯をとく

秋風や　夜の帳(とばり)に　影もなし

いくたびか　迷いまよいの　商売(あきな)いか

この景気　いつ迄続く　暗い闇

生計（くらし）たて　夜毎の酒に　身をゆだね

帯ときて　悲しき夜に　グッドバイ

たまらずに　抱いて頬よせ　招き猫

ネオン街　帯をきりりと　締めて待ち

目覚めては　思うは今宵の　客の入り

ゆるゆると　闇を照らせよ　閑古鳥

負のこころ　転びて起きる　ダルマかな

狂い蝶　浴びて酔いしれ　止り木に

むなしさよ　帯をとく手が　うるむ夜

むなしさが　砂を噛むよに　身にしみて

深しんと　心凍りて　酒に酔う

幾としの　夜を数えて　ネオン川

侘しさよ　帯をとく手に　明日を見る

貼りぐすり　肩にしみ込む　心地よさ

寂しきは　売上伸びず　髪が伸び

肌寒し　今宵ドン引き　明日こそは

古希過ぎて　遺る気の無さが　うとましき

酒を酌む　理由(わけ)を繕う　午前2時

色グレイ　飲みてピンクの　肌になり

いくばくの　明日(あす)の糧にと　酒苦し

止り木の　悲喜こもごもの　酒模様

怪我よりも　タクシー代が　続く夜

愚痴ばなし　猫と酒との　睦み合い

吾が顔(おの)　メークほどこし　夜の顔
スマイルを　浮かべ店へと　踏むペダル
老いの身を　奮い立たせて　夜帳(とばり)

今宵また　心弾まず　飲む酒よ

幾許(いくばく)の　年金生活(ぐらし)　夜働(よばたら)き

ネオン街　煌(きらめ)き失くし　色褪(あ)せて

働いて　いるからこその　この休み

浮き沈み　流れゆだねて　ネオン川

三日月に　背中押されし　ネオン街

溜息と　銭に追われし　身は細る

夜帳（とばり）　リスク背負いて　又一歩

泣くまいと　今宵もゼロで　落とす紅（べに）

空缶の　数だけ寂し　日曜日

誰も来ぬ　店のしじまの　すみで泣く

招き猫　胸辛くても　笑みかえし

茶挽(ひ)きて　胃には優しき　休肝日

もののふの　情(なさけ)が欲しき　この不況

止り木に　寂れし店の　愁い刻(どき)

潮どきと　いく度泣いたろ　夜酒場

閑古鳥　啼きて今宵は　月も出ず

潮どきと　いく度泣いたろ　月夜道

酒と嘘　泣いて笑うて　煙に巻き

モヤモヤを　グラス満たして　目がすわり

考えを　ひとまず置きて　プルトップ

茶挽(ひ)きて　帰る背中を　風が押す

流れ川　苦労苦の字を　泳ぎゆき

責めるより　一歩ゆずって　えびす顔

きっと明日　良いこと有ると　前を向き

煩悩に　眠れぬ夜の　酒の味

老い侘（わび）し　栄華のむかし　夜もすがら

ネコ談義　苦労忘れる　ひとときよ

控めな　酔えばあなたも　饒舌(じょうぜつ)に

今宵また　酔わんが為の　グラス持つ

貧食も　酒有りてこそ　馳走なり
膵臓(すいぞう)の　腫れもの憎し　ヘルプ神
果てなくて　続くコロナの　クソッタレ

第三章　揺れる心

いけないことだと理性がブレーキをかけても、
どうにもならない本能が私を突き動かす。
つらくても傷ついても、ただ愛したかっただけ。

逢った日を　数えてめくる　暦かな

渡良瀬の　思いがけない　誘い旅

去りし影　めざめて朝の　涙かな

切なさは　叶わぬ夢の　徒(あだ)まくら

今ひと夜　咲いて燃えたい　大文字

逢いたいな　火照る身体を　もてあまし

逃げてゆく　愛にはぐれて　もう三月(みつき)

忘れよと　云って聞かせて　飲む酒よ

降る雨に　濡れて心が　渇いてる

眠れずに　思い想いの　苦断坂

残し香を　その地めぐりて　追いかける

この渇き　いやす笑顔の　君恋し

寂しさに　あふれる涙　逃げる酒

もういない　あなたを追って　那須の旅

声ころし　逢いたい見たい　狂うほど

諦める　未練こらえる　運河川

逢わずして　離れる心　いかにせん

泣き濡れて　身のたけ知らぬ　歳(よわ)い月(づき)

那須の旅　想いめぐりて　雪が舞う

寂しさを　抱きて枕を　濡らす夜

夢の中　君に逢いたく　あじさい路

桜咲く　捨てた未練か　恋路川

束の間の　愛の戯れ　恋アザミ

懐かしき　夜の電話の　君が声

蟬時雨　短き夏の　恋懺悔（ざんげ）

やわ肌に　君が残せし　移り香よ

儚（はかな）さよ　シャボンのように　消えてゆき

正夢と　ならぬ幻　果てなきて

昔日（せきじつ）の　小さき旅の　忍び恋

迸（ほとばし）る　熱き想いに　逸（はや）るペン

好きなひと　抱かれて燃ゆる　夢を見る

夢でしか　逢えぬ貴方を　抱きしめる

寄せ植えに　思い寄せ合う　ぬくもりよ

黄昏(たそが)れて　揺れる心の　沈下橋

酔いてまた　君が唄いし　歌うたう

その唄は　心の透き間　濡らしゆき

熱き夜　かけた情（なさけ）や　恋瀬川

風が啼（な）く　心の悲鳴　吾（おの）が声

火照る身の　水シャワー浴び　冷ます恋

為さぬ仲　愛と別離が　刻む音

哀しみの　焔(ほむら)堰(せ)き止め　忍ぶ恋

白き肌　沈めてかくし　炎(ほむら)ゆれ

面映ゆい　諍い後の　君が顔

見たくなし　貴方の顔も　鬼の顔

思い捨て　心静けさ　望むなり

もう駄目と　諦め切れぬ　夜がゆき

蟠り（わだかま）　ほどけぬ糸の　むなしさや

我もまた　依怙地（いこじ）に戻る　朝が来る

若さゆえ　妻有る人に　燃えた恋

からんだ手　朝もや色に　かくす恋

朧夜（おぼろよ）の　ふたたび逢えぬ　性（さが）悲し

夢繋(つな)ぐ　結ぶ電話の　焔(ほむら)揺れ

梅雨空に　頬濡らかな　おもいびと

折れそうな　二の腕搦(から)め　泣いた夜

哀しみの　川の流れに　身をうつし

逢いたくて　夜毎数える　暦かな

蟷螂（かまきり）の　喰い尽くす愛　凄まじき

揺れる橋　渡る渡らぬ　おのが胸

過ぎてなほ　未練那須路の　宿恋いて

身をまかし　愛と云う名の　戯(ざ)れ言(ごと)と

恋唄の　調べに想う　わかれ月

ときめきの　徒(いたづら)な情の　雨ぞ降る

埋(うず)み火の　くすぶる胸の　熱さかな

好きなひと　ふたり過ごせし　ポラロイド

若き日の　激しき愛の　恋暦

想い揺れ　渡り切れるか　綱わたり

彼(か)のひとの　メールの言葉　消し難し

若かりし　たどれば悲し　恋模様

泣くまいと　閉じたまぶたに　君が声

不倫とは　路傍（ろぼう）の花よ　そっと咲く

ずっと好き　あなたが欲しい　未練酒

捨てた恋　甘えたくなる　風の音

冷めやすし　恋もお酒も　未練風

風たより　会えずに愛を　届けたや

君の夢　女の性（さが）が　蠢（うごめ）きて

ひとの夫(つま)　愛した日々も　忘れ霜

CDの　恋の未練の　メロディーよ

来い未練　ニラメッコして　負け惜しむ

昔なら　黙して忍ぶ　恋乱る

その昔　おとこ相手に　鉄火肌

うたかたの　シャボンのごとく　消えた君

第四章　生きてこそ

時の流れは平等で、誰もが年を重ねていく。
よいことばかりではないけれど、
寄る年波に負けじと、私らしく生きていきたい。

忍びよる　老いと不安に　さいなまれ

寂しさを　笑顔にかくし　紅をひく

人は皆　重荷背負いて　上る坂

暗き空　嵐が去れば　陽は昇る

麦踏みて　育つ稲穂の　輝きよ

負けはせぬ　歳（よわい）この身よ　手にこぶし

古稀むかえ　さまざまありて　我が命

いつ迄か　続くこの坂　古稀の腰

酒と本　逃げるものかよ　今生きる

くじけそう　女七十路　坂のぼり

何もかも　棄てて逃げたい　ことばかり

この悩み　忘れな草を　髪に挿し

苦労とは　苦さ労わる　思いやり

運命（さだめ）だと　別れし命　さまよいて

哀しみも　流して映し　運命（さだめ）川

来年は　私の干支に　幸あれと

人の世の　厚顔無恥な　罪と罰

身の丈を　甍(いらか)に立ちて　望むべく

七十路を　行きつ戻りつ　立ちどまり

及ばざる　願いを込めし　時の鐘

向かい来る　黄泉（よみ）の旅への　ステップか

過ぎし日々 戻る筈なき 過ちを

生まれ落ち 苦労苦の字の 運命(さだめ)川

髪染めし 老いたる顔に 華やぎを

命あり　今の幸をば　尊ばん

老いの身を　転びて知りし　弱き足

鏡見る　口許悲し　ほうれい線

もて期過ぎ　老いさらばえし　サバイバル

何もかも　捨てて我が身を　貫かん

点眼の　邪魔して溢る　涙かな

他人事（ひとごと）は　達観すれど　内は別

愚痴ばなし　云って倖せ　逃げてゆき

見守りて　老いし心の　胸に染む

移り気の　空にも似たり　我がこころ

人並みの　倖せさがす　迷い道

貧しさも　本を片手の　ヒロインに

この労苦　神が下した　使命だと

いつか傷　いやされこころ　優しかれ

修羅路（しゅらのみち）　歩みて学ぶ　情け川

揉(も)め事や　負けず劣らず　修羅場なり

枯れ枝よ　流るるまゝに　身をゆだね

波に揺れ　波にのまれて　息をつく

侘寂(わびさび)の　身体まるめて　風の道

よく生きた　愚痴と涙の　荷をおろせ

逝きしひと　婆(バ)アは二倍も　永らえて

衰えし　心と身体　ムチとアメ

吾(おの)が身の　続く不幸は　輪廻かな

生きざまが　下手な女の　浪花(なにわ)節

栄華の日　女の倖せ　思う夜

いくつもの　試練たずさえ　何処（いずこ）へと

むなしさと　背中あわせの　幸もある

老いてなほ　煩悩いまも　去りやらず

替わります　昭和平成　令和へと

うえ目線　苦言物云う　ひとになり

ひとは皆　堪えて生きる　今に勝て

片すみに　喜怒哀楽の　夜がくる

人は皆　表裏一体　持ち合わし

なに気ない　ことば棘(とげ)あり　胸に傷

温かさ　国越えハグの　やさしさよ

寂しさも　背中あわせの　幸もあり

喜寿をすぎ　湯上がりCD　缶ビール

点滴を　受けつ片手の　ランチなり

宣告は　支える身にも　過酷なり

限りある　生をつたえて　蟬しぐれ

蟬しぐれ　命ここにと　鳴り響く

副作用　むくみと爪の　紅のいろ

他人事（ひとごと）と　吾（わ）が身におきて　思い知り

ゆるやかに　命の足音　忍びより

人の世の　生誕別れ　尽きぬ空

住居替え　生きる喜び　みつけたり

否定され　ひとり住まいも　意地が勝つ

不治病（ふじのやまい）　背負い引越し　糧見つけ

新しき　住居に弾む　心うち

奪い取る　大切な者　私から

八十に　老いて縮みて　歩行難

目的も　予定も無しの　老後かな

突っ張りて　生きてみるのも　疲れたり

身をただし　生きる勇気の　カウントを

齢年（よわい）　少しの優しさ　望む刻（とき）

老いの身の　むなしさだけが　背に寒し

老いの身よ　こころ静かに　穏やかに

第五章　めぐりゆく季節

たとえば春には桜が咲いて、夏には蟬が鳴き、
秋になったら葉が落ち、冬には雪が降る。
ささやかな日常の中で、四季折々の風物詩を楽しんで。

命かけ　守る母国の　桜かな

昼下がり　命かぎりと　蝉の声

落葉舞う　帰る夜道の　灯りしむ

土手道を　春が近づく　蕾(つぼみ)かな

ふる雪に　傘をもつ手が　かじかみて

キューキューと　踏みしめながら　泣く雪よ

木枯らしや　心と財布　吹き荒(すさ)ぶ

枯れ尾花　ブーツ歩きて　踏みしめる

花桃や　季節外れの　雪に啼(な)く

蟬しぐれ　命の名ごり　とどめしを

秋の空　花火あがりて　胸躍る

迸しる　熱き想いに　紅もみじ

秋の夜　葉連れの道を　月照らし

めぐり来る　四季の移ろい　痛む胸

抜け殻の　蟬しぐれふる　夏がゆき

雨濡れし　木々の紅葉(もみじ)が　艶っぽい

ひとり旅　はぐれ鳥かよ　茜(あかね)ぐも

花桃や　裸木耐えし　春よ来い

降りしきる　二十歳の祝い　白に染め

春嵐　涙で先が　通せんぼ

暴風に　揺れり薫りの　沈丁花

天窓の　空に輝く　星寂し

本片手　夏はベランダ　冬炬燵（ごたつ）

夕顔の　花咲きそめし　可憐さよ

翅（はね）やすめ　惜しむ命よ　蟬しぐれ

夕顔に　葉繁れども　咲かぬ花

甲子園　泣き笑いつつ　熱き夏

かすまびし　ラストサマーの　蟬悲し

秋深し　枯れ葉舞い散り　索漠と

荒模様　揺れて寂しき　秋桜（こすもす）

江戸菊の　身をもみしだれ　業（わざ）を見る

乗鞍の　雷鳥遊び　山深し

暗き夜に　心洗いし　銀世界

花桃の　耐えて春待つ　雪をのせ

震災の　過ぎし三年　傷ふかし

紫陽花（あじさい）の　挿し木する手に　祈りこめ

薫風に　そよぐ若菜の　ささやきか

風鈴の　音色にひかれ　蔓(つる)のばす

朝顔や　葉をば虫喰い　けなげ咲き

肌寒き　夜の名残の　月見酒

うす氷　渡るる恐さ　身は重く

春まぢか　懐具合に　春よこい

伐採の　切り枝より　花蕾（はなつぼみ）

暗闇に　月火美人の　花憂い

春呼びて　水仙つげの　蕾（つぼみ）かな

水ぬるむ　季節めぐりて　生活（くらし）また

紫陽花（あじさい）は　頭（こうべ）をたれて　なにを思う

儚（はかな）げに　よじれてつたう　朝顔や

ナナカマド　雪に華やぐ　ツグミかな

白梅の　棚引く香り　昼の酒

銀世界　浮世の悪を　閉じ込めて

秋桜(こすもす)よ　ひとり芝居の　侘しさに

過ぎし日々　還(かえ)り来ぬひと　舞うさくら

つわぶきは　日かげで凛と　存在す

かぼそ気な　蔓(つる)に負けじと　咲き競い

桜舞う　ひとに贈りし　花束を

主なしの　庭に紫陽花(あじさい)　咲きほこり

ひな節句　亡きひと偲び　昼の酒

籠もりがち　日向の風も　春告げて

バスの窓　路傍の花の　けなげさに

日々めぐり　辛苦はながれ　春よ来い

逝き女(ひと)の　夢を見せてと　向日葵(ひまわり)に

枯れすすき　誰にそよいで　揺れている

第六章　三人の息子と孫たちよ

次男の嫁が早逝したことは無念だが、
女手一つでも立派に育ってくれた息子たちと
かわいい孫たちが、私に生きる力をくれている。

我が子よ　去りにし日々の　愛しさに

子供らと　想い思いの　すきま風

この世には　神はいないと　恨む夜

ベルがなり　虫の知らせか　孫の顔

耐えがたし　父娘(おやこ)の涙　我が命

春さなか　心残して　逝きし君

公園で　はしゃぐ孫ら　いじらしき

父娘（おやこ）連れ　見れば不憫（ふびん）に　笑う声

娘（こ）らも寝て　妻を忍びて　ひとり酒

嫁逝きし　息子と孫の　奮戦記

嫁姑さまざま有りも君愛し

たそがれに　帰る父娘（おやこ）の　背に涙

かいまみし　父娘（おやこ）暮らしの　不憫（ふびん）さよ

墓まいり　想いそれぞれ　九州路

うとましく　想い募るも　我が子なり

さとやんと　呼びし息子の　声悲し

哀しみは　尽きぬ思いの　夢まくら

亡きひとの　面影未練　部屋の隅

寂しさや　息子愛しや　孫ふたり

ひな祭り　朝見た夢に　孫むすめ

夫(つま)むすめ　残して散りし　四十路前

孫娘　育ちゆく日に　瞳（め）を細め

涙目で　走りし孫の　体育祭

息子殿　甘える母を　叱りけり

背負いたる　息子に今は　背負われて

春浅き　孫と歩きし　桜みち

我が愚息　開き直りて　切る電話

諭す母　夕陽背に向け　応えなし

逝きし母　浮かべて孫の　目に涙

四年目の　想い巡りて　春はゆき

耳すませ　息子待つ身の　わくわく度

末孫の　運動会の　パパの味

哀しみの　刻（とき）を隔て　孫育ち

ジレンマを　抱えし息子　四十三

トラブッテ　愚痴を肴に　酔いしかな

親と子は　家庭を持つと　さま変わり

遠来の　息子愛しき　胸あつく

遠来の　メールで和解　頑固もの

セーラー服　見せたや母の　遺影前

孫と逢う　心せいてる　日曜日

猫バアバ　呼んでる孫の　朝の夢

孫娘　天使の笑顔　訪ね来て

いそいそと　息子の為と　作る味

なつかしの　戻らぬ昔　孫育つ

孫むすめ　薫り大人に　生きて明日

猫バアバと　呼ばれし遥か　忍ばれぬ

実家良い　言葉うれしき　めし仕度

バスの中　息子の口が　元気でね

戻せずの　刻（とき）を惜しみて　桜散る

若き嫁　桜吹雪に　供養花

息子らと　つかず離れず　枕木よ

第七章　母との再会

幼い頃に離ればなれになった母と
大人になってから再会することができた。
——母を許すことができてよかった。

誰（た）が看（み）とる　老いし母の身　顔揃（そろ）へ

故郷（ふるさと）に　老いし母いる　家訪ね

皺（しわ）多き　気遣う母の　労しさ

母見舞う　小さくなりつ　車椅子

姉妹会い　介護ベッドの　母想う

髪うすし　箸持つ手指　か細さよ

イチマルニ　重ねし齢（よわい）の　額じわ

今生きる　母の脳裏に　何映る

離れての　とし月幾度　愛憎も

別れ日に　姉妹それぞれ　想う母

この命　神よ仏よ　カムバック

認知はは　見舞う私の　名を呼びて

子に負担　かけぬ覚悟の　母すがた

今にして　母の思いを　一生を

忘れずの　母の日参り　届く愛

第八章　最愛の姉を想う

波乱万丈の人生を歩む私を、親以上に見守り
支えつづけてくれたのは姉だった。
恩返しの半ばで先立たれたことが、ただただ悲しい。

姉ひとり　病気（やまい）がかり　秋の宵

姉からの　思い届きし　乾燥機

梅雨合い間　遠路の姉と　ランチ晴

姉の愛　受け止め嬉し　宅配や

ストレスも　姉宅酔いて　ほぐれつつ

姉の身に　受け止め難し　嵐吹く

愚妹をば　時に厳しく　愛しみて
疲労度も　姉がスマイル　見て嬉し
告げられし　命のおもさ　老姉妹

ガン治療　明るいしぐさ　胸迫る

棒針に　願いこめての　回復を

付き添いし　点滴の針　いのち綱

打ち消すも　哀しみ胸を　ふさぐなり

立ち向かう　姉の努力に　称賛を

波乱なる　私を支えし　姉は母

舌鼓（したつづみ）　姉の作りし　母の味

逃られぬ　命見つめて　日々疎し

最愛の　姉の身削る　ガン憎し

言の葉よ　神に仏に　膝を折り

最愛の　姉を看(み)とりて　無念なり

街は今　我の哀しみ　置き去りし

還らぬと　おもえど募る　姉の愛
哀しみで　息子の意見　耳になし
日々過ごす　姉への思慕は　募るなり

幸(さち)うすき　私愛(め)でたる　姉逝きて

親代わり　より以上　深き愛

引き裂きし　姉との別れ　癌(がん)にくき

倍返す　誓いしひとは　彼方（かなた）へと

恋しさに　姉の形見の　ドール抱き

姉依存　絶たれし命　遅き悔

朝参り　遺影に向かい　愚痴ひとつ

濡らす頬　妹しかる　姉の声

恩返し　半ば挫折に　報われず

生きている　我がいるのに　姉は居ぬ

姉恋し　尽きぬ想いを　責める夜

何見るも　姉と繋(つな)がる　糸ばかり

想い出は　数えきれずの　愛の数

姉の死を　受け止め難し　思慕深く

残る声　苦しき息で　幕を引き

スナップに　スマイル残し　姉は逝く

悔いばかり　瞼（まぶた）閉じては　ただ無念

戻らずの　空の彼方（かなた）の　星になり

姉に悔い　涙で位牌（いはい）　見えにくい

姉が逝き　尽くし足りずに　残されて

還り来ぬ　ひとに寂しさ　りん鳴らす

姉かたみ　杖を頼りに　齢(よわい)年

老いし身を　姉のこころを　鑑みる

拭く涙　押さえ指より　零(こぼ)れ落ち

愚妹をば　見守る姉の　糸を編み

幻覚が　現実で有れ　胸の奥

千の風　溢(あふ)る涙　想う姉

あとがき

拙い日々の想いを詩に込め、気の向くままに大学ノートに書き綴ってきました。いつか本という形に残したいという夢が、人生の最終を迎えた今、叶うことの喜びに溢れて感無量です。

本書を手に取ってくださった皆さま、そして文芸社の皆さまをはじめ、この本に携わってくださったすべての方々に深い感謝を込めてお礼を申し上げます。また、この本は、私を支えてくれた天国の姉に届けたく思います。

二〇二三年　　　　　　　　　　　　　　　のん子

著者プロフィール

のん子（のんこ）

昭和16年、茨城県生まれ。千葉県在住。
40歳の時にスナックを開店。
愛猫が仔を産み、子育て日記を書き始めたことを機に作句を始める。

想い詩（うた）

2023年10月27日　初版第１刷発行

著　者　のん子
発行者　瓜谷 綱延
発行所　株式会社文芸社
〒160-0022　東京都新宿区新宿1－10－1
電話　03-5369-3060（代表）
03-5369-2299（販売）

印刷所　図書印刷株式会社

ISBN978-4-286-24438-9